흐르는 눈물에 키스를 하며

흐르는 눈물에 키스를 하며

초판 1쇄 인쇄 | 2021년 7월 1일
초판 1쇄 발행 | 2021년 7월 7일

지은이 | 가일로
펴낸이 | 김용길
펴낸곳 | 작가교실
출판등록 | 제 2018-000061호 (2018. 11. 17)

주소 | 서울시 동작구 양녕로 25라길 36, 103호
전화 | (02) 334-9107
팩스 | (02) 334-9108
이메일 | book365@hanmail.net
인쇄 | 하정문화사

ISBN 979-11-967303-9-0 03810

＊책값은 뒤표지에 표기되어 있습니다.
＊잘못 만들어진 책은 구입처에서 교환해 드립니다.

흐르는 눈물에 키스를 하며

가일로 시집

작가
교실

어느 날
나의 심장이 멈추었다.
아무것도 기억할 수 없는 어둠 속에서
내가 잡을 수 있었던 것은 없었다.
지나는 시간에 발길을 돌려 본다.

차곡차곡 쌓인 기억들
다시 꺼내어 엮어보았지만,
어떤 때는 부끄럽고
또 어떤 때는 안타까운 마음으로
기억을 뒤집으며 언제 또,
또
심장이 멈추지나 않을까 하는 마음으로
마지막 용기를 내어 보았다.
어쩌면 마지막일지도 모를 객기로
부탁한 프린트가 책이 되었다.

차례

1^장 사랑이라는 선물

2^장 작은 카페 아가씨

3^장 나의 별이 된 당신

4장 너를 닮은 장미

5^장 마지막 기도 시간

■ **발문 l** 바람이 분다, 사랑이 온다, 살아봐야겠다
　　　　　－김용길 (시인·문학평론가)

1^장

사랑이라는 선물

마음으로

눈을 감고 손을 내밀어
두 손 끝으로
당신의 눈썹 콧날 입술을
당신의 부드러운 귓불을 만지며
당신의 얼굴을 감싸 내 마음속에 가두었습니다

눈을 감고 두 팔을 벌려
가슴으로 전해오는
당신의 심장의 떨림을 느끼고
당신의 등 뒤로 흐르는 부드러운 긴 머리를 만지며
당신의 깊고 진한 향기 속에 나를 가두었습니다

우리는 눈을 감고 두 팔을 벌려
온몸으로 서로를 감싸며
마음으로 하나가 되고
우리의 향기로 세상을 채우며
당신은 나를 가두고 나는 당신을 가두었습니다

기억상자

어린 시절 다락방 한구석 숨어 있던
기억상자를 찾아
조그만 빛이 들어오는 쪽문 너머
왕벌이 윙윙거리는
늙은 등나무 꽃향기가 있는 작은 문을 열고
작은 상자를 무릎 위에 올렸다

대문 앞 하얀 발바리는
큰 눈을 감으며
두 발 곧게 펴고 기지개를 한다
조그만 뚜껑이 열리면
고운 백발 빗어 올리시던 할머니는
길고 가는 손으로 '이리 오라' 하신다
하얀 모시옷과 하얀 고무신을 신은 할아버지 옆
귀여운 모자 쓴 꼬마, 나는 지팡이를 들었다
하얀 쌀밥을 차가운 물에 넣고
누렇게 변한 은수저에 파김치를 올려 가득 떠낸다

조그만 기억상자 열리면

한 쌍의 학처럼 서로의 목을 감싸고
긴 입맞춤을 하며 속삭이던
첫사랑 '신금'이의 냄새가 난다

기억상자 열리면
상자 안 가득한 기억들이
나의 가슴으로 날아와
또 나를 붙들어 놓을까
얼른 손을 놓는다

내 심장이 멈추던 날

내 심장이 멈추던 날
나와 당신의 서로 다른 시간
기억도 없는 짧은 시간과
길고 긴 시간이 함께 흐른다
당신은 나의 하나님께 기도를 했다

"내 사랑을 돌려주세요. 사랑해요!"

'들리세요! 들려'
'보이세요! 보여'
나를 깨우는 한 마디에
슬픔과 아픔의 시간이 멈추고
우리의 시간이 다시 흐른다

내 심장이 다시 멈추는 날

저는 기억하겠습니다
"정말! 나 때문에 고생했어"
내 심장이 멈추고 또 멈추어도

당신의 신에게 기도하겠습니다

"내 사랑을 행복하게 해 주세요. 사랑해요!"

서산

가의도 작은 섬 천년의 기다림
500년 가슴 아픈 고향이 그리워
마애삼존불 미소로 슬픔을 달래고
만리포 긴 백사장 흑말 타고 달리며
떠나온 고향 같은 이름 붙인 이야기

내 고향 서산에 해맑은 친구들 남아
옥녀봉 올라 아침 기지개를 하고
아직도 구술치기 담벼락에 '일로♡신금'
내 첫사랑 머리 내음이 날 것 같은
소나무 숲 남아있는 곳

등나무 엉킨 언덕 너머 붉은 벽돌 교회
알 수 없는 찬송가가 울리고
해미성 높은 망루에 올라
긴 시위를 당기며 꿈을 꾸던 나는
서러운 눈물을 서산에 떨군다

당신도 나처럼

당신과 내가 시작한 사랑은
어떤 것도 필요하지 않았고
꼭 잡은 손이면 되었습니다

당신과 내가 사랑하는 동안
우리의 많은 것들이 변하며
당신은 나의 꼭 잡은 손이면 안 되었습니다
"당신과 결혼 할 수 없어" 당신의 한마디
나는 당신을 보내야 하는 이유를 압니다

우리가 사랑하고 동안
같은 계절을 일곱 번을 보내며,
산에 오르는 당신은 나 때문에 힘들었습니다
"저도 평범하게 살고 싶어요" 당신의 한마디
나는 당신이 말하는 뜻을 알고 있습니다

내가 당신이 아니듯
당신도 내가 아닌 걸 알았습니다

당신과 나의 다른 시간
당신이 원하는 것을 방해하고 있습니다
당신이 사랑하는 이유가 변하지 않았다면
나는 당신과 잡았던 사랑을 놓겠습니다

나를 잊지 마세요

어두운 밤이면 당신은
몇 개의 문을 지나 들어와
그 무거운 몸으로 나를 누른다
하루 이틀 반복하는 당신에게
애원을 해도 당신은 멈추지 않는다

어두운 밤보다 더 어두운 당신이 올 때면
창문 밖 너머 모든 것이 조용해지고
놀란 나는 온몸이 차가워지기 시작한다
하루 이틀 그렇게 찾아드는 당신
나도 당신을 조용히 기다리게 되었다

슬프고 힘들고 지친 외로운 밤
당신이 더 무서워 잠가 걸어둔 문을 지나
조용히 가을 안개 밀려오듯 나에게로 온다
하루 이틀 마음을 다해 밀어냈던 당신을
아침이 되어도 당신의 손을 놓을 수 없다

내 작은 버릇

내 작은 수첩
책장 사이
당신이 숨겨 놓은 사랑이 있네
그 사랑을 찾아
이곳저곳을 뒤적이는
나에게
새로 생긴 버릇 하나

어딘가에는
작은 메모지도 있고
또 어딘가에는
긴 편지가 곱게 접혀 있고
노란색 붉은색도 있는
당신의 손편지 끝에는
'내 사랑 일로'로 끝이 난다네

세상은 매일 행복

소소한 하루의 일상은
나에게 행복

언제나 같은 자리에서 나를 기다리는 당신
세상 그 어떤 것보다 값진 이여
그대의 품 안에 있어 행복합니다

얼굴에 환한 미소를 주는 당신은
나에게 행복입니다

매일 같은 하루해가 뜨고 져도
당신의 온기에 젖어
당신의 그 하얀 가슴에 얼굴을 묻습니다

심장이 뛰게 해주는 당신은
나의 유일한 세상입니다

언제나 같은 곳에서 기다리는 당신
온종일 당신 품 안은

나의 유일한 세상입니다

사랑하는 이유

당신을 사랑하는 이유는
오로지
당신 밖에 보이지 않기 때문입니다

당신의 손을 잡는 이유는
오로지
당신이 나의 손으로 따뜻한 마음이 전해오기
때문입니다

제가 사랑을 나누는 이유는
오로지
당신이 나를 숨 쉴 수 있도록 힘을 주기
때문입니다

제가 함께 세상을 걷는 이유는
오로지
당신이 저를 지켜주기 때문입니다

오로지 당신의 사람,

저는 당신을 믿고 의지합니다
오로지 당신의 사랑,
저는 하루를 온통 당신의 온기에 젖어 있습니다
오로지 당신의 여인,
저는 매일 당신을 위하여 기도 합니다
오로지 당신의 반쪽,
저는 당신의 사랑으로 가슴을 채웁니다

내가 당신을 사랑하는 이유는
오로지
하나
'사랑' 하나 때문입니다

내 기억은

니무 빨리 다가온 사랑 때문에
나는 사랑이 뭔지
내가 사랑을 해도 되었던 건지 몰랐습니다
당신의 달콤한 가슴에 젖어 버렸습니다
내가 당신의 옆자리에 있었던 시간만이
그저 행복한 기억 전부입니다

나는 사랑이 뭔지 몰랐습니다
내가 당신을 사랑이나 했는지
너무 빨리 지나가 버려
당신의 기억이 사랑이었는지 알 수 없습니다
내가 당신의 옆자리에 있었던 시간만이
그저 행복한 기억 전부입니다

맑은 하늘에서 비가 내리다

밤새 흘린 그리움의 눈물이
아침 창문에 비를 뿌리고
햇살 가득한 골목길에 무지개 되었다

빗물 소리에 놀란 점박이 누런 개구리
"도르륵 도르륵"
작은 연못 둔덕에 올라 큰 입 부풀리다
그새 물속으로 들어가 두 눈 휘둥거린다

지난밤 눈물 훔치며 잠 못 이룬 나
밝은 아침 햇살에 작은 눈을 껌뻑이다
하얀 홑이불 속에 들어와 버렸다

나는 지금 여기서 무엇을 하고 있는 거지요!

기도

부드러운 심장의 울림으로 다가와
꿈을 꾸듯 사랑을 시작한 우리
꿈에서 깨어나지 않기를 기도합니다

뜨거운 심장이 터질 듯 빠르게 뛰고
꿈같은 사랑을 시작한 우리
꿈이 아니길 기도합니다

폭풍이 몰아치는 붉고 검은 언덕
희망이란 비를 가득 뿌린 당신

가이아 품속처럼 행복을 느끼며
젖과 꿀이 흐르는 당신 안에 있는 나
꿈이 영원하기를 기도합니다

너와 나

밤이면
너의 세상
내 모든 곳에
너
너의
표시를 남기고
아침이면
또
사라진다

낮이면
나의 세상
네 모든 곳에
나
나의
표시를 하고
밤이 되면
또
사라진다

다시 사랑하지 않는 이유

내가 사랑하지 않는 이유는
당신이 그리워서도
당신에게 미련이 남아
다시 사랑해 줄까 하는 마음이 아닙니다

내가 사랑하지 않는 이유는
당신의 추억하거나
당신과 함께했던 행복만큼
다시 행복할 수 있을까 하는 마음이 아닙니다

내가 사랑하지 않는 이유는
아직 당신을 사랑해서도 아닙니다
내가 다시 사랑하지 않는 이유는
다시 둘이 될까 하는 두려움 때문입니다

태양이 빛나

나의 입술은

당신의 귓불을 빨고

목덜미를 빨고

희고 부드러운 두 가슴을 붙어 있는 앙증맞은 유두

를 빨고

조그만 배꼽을 혀로 간지럽히고

부드럽고 검은 둔덕에 오른 털을 간지럽히고

검붉게 변해가는 당신의 장미를 손끝으로 느끼며

호수는 태양 빛으로

새하얀 수정이 된다

당신이 나를 떠나도

당신이 나를 떠나도
당신이 여전히 내 곁에 있습니다
왜냐하면 당신은
내 마지막 사랑이기 때문입니다

당신이 나를 기억하지 않아도
나는 당신의 기억의 끝에 있습니다
왜냐하면 당신은
영원히 기억하라 했기 때문입니다

당신이 나를 버렸어도
나는 여전히 당신의 사람입니다
왜냐하면 나는
다른 길을 알지 못하기 때문입니다

당신이 비록 나를 인도하지 않아도
나는 길을 잃지 않았습니다
왜냐하면 당신이
당신은 나의 영원한 등대이기 때문입니다

사랑이라는 선물 1

당신의 위대한 선물은
우리의 심장을 멈추게 하였습니다
모든 시간이 멈추며
이 세상을 행복의 들판으로 바꾸어 버렸습니다

당신의 신비로운 선물은
우리의 가슴에 꽃향기로 채워버렸습니다
다시 시간이 흐르며
이 세상을 즐거움의 꽃 바다로 바꾸어 버렸습니다

당신의 빛나는 선물은
우리의 얼굴에 붉은 미소로 물들였습니다
우리의 하나가 되어
이 세상을 이어주는 씨앗을 땅에 뿌렸습니다

사랑이라는 선물 2

당신의 위대한 선물은
나와 너의 가슴을 멈추게 하고
우리를 행복과 즐거움으로 눈을 가렸습니다

이 세상의 모든 것들로부터
나는 너를, 너는 나를
당신의 선물로 포장해 버렸습니다

당신은 우리에게 사랑이라는
어느 누구도 어찌할 수 없는
위대한 선물을 주셨습니다

당신이 주신 선물을
너와 나의 가슴에서 빼앗아 가면서
우리는 슬픔과 고통으로 몸부림치게 되었습니다

사랑은 당신이 준 최고의 선물입니다

사랑 꽃(남매지)

연자색 꽃으로 변한 너
나. 오라 하늘거리며
슬프고 슬픈 인연의 끈
슬픈 이야기 풀어 놓았다.

고 운 꽃, 새색시
살랑살랑 반한 봄바람
놀란 새색시, 마음 부여잡고
깊은 연못에 싹을 틔웠다

먼 길 돌아
님 향해 달려 온 걸음
피지 못한 연봉우리
무거운 한숨만 가득 채웠다

못 다한 이승의 연
방울방울 물 구술 띄우고
고운 당신 그리워
슬픈 이야기 되어 버렸다.

2 ^장

작은 카페 아가씨

그녀의 노트

책상 위 고운
그녀의 노트 안에
깨알 같은 사랑이 가득합니다

"당신은
내 심장을 다시 뛰게 한 사람
나는 당신과 사랑을 시작합니다

당신을 사랑하는 것이
내 슬픔의 시작이어도
나는 당신을 영원히 사랑하겠습니다

당신이 오는 아침이면
내 마음은 벌써 하늘로 향하는데
내가 어찌 당신을 사랑하지 않겠습니까!"

책상 위 고운
그녀의 노트 안에
나는 '사랑해!'라고 적어 놓았습니다

진한 커피

오늘도 진한 커피 한 잔을 시키고
일렁이는 나뭇가지 사이를 지나는 바람이 되어본다

추억이 뚝뚝 떨어지는 옛 추억을 끄집어내며
첫사랑 단발머리 그녀의 향기가 나는
타이의 사랑 노래 흐르는 카페에서
아메리카노 진한 커피에 꿀을 넣고 달콤한 노래가사에
울먹인다

'당신과 헤어질 수 없어요'
'아! 아! 아아! 나는 당신의 손을 놓을 수가 없어요'
'나를 자유롭게 하는 것은 오직 당신뿐이에요'
'또다시, 또다시, 나는 태어나도'
'나는 당신만을 사랑할 거예요'
'아! 아! 아 아! 나는 당신의 손을 놓을 수가 없어요'

오늘 아침 카페에 외로운 손님 나는
가슴을 후비며 그녀의 사랑 가득한
둘이 쓴 일기장을 넘기며

아메리카노 진한 커피처럼 달콤했던 우리 사랑에
울먹인다

오늘도 진한 커피 한 잔이
카페 밖 일렁이는 나뭇가지 사이를 맴도는 바람이
된다

김PD카페에서

통인동 이야기를 담은
김PD카페에 숨겨진 이야기
몇 년 전 내 작은 여행
스쳐간 인연 찾아
이 세상 머물다 갈 이야기

북촌의 작은 절
나를 부르는 반혼향에 이끌려
무심히 따르는 나는
두 팔을 벌려 가슴 가득 향을 마시고
하늘로 날아간다

꿈

나는 꿈을 꾸었습니다

너무 달콤해서
시간이 가는 줄도 모르고
내가 변하여가는 것도 모르고
당신이 변한 것도 몰랐습니다

나는 꿈을 꾸었습니다

너무 아파서
시간이 멈추었고
내가 지금 무슨 짓을 하는 지도 모르고
당신만 원망했습니다

나는 꿈을 꾸고 있습니다

내가 너무 안타까워서
시간이 다시 되돌려져
내가 지나간 날을 다시 찾아보고파

당신을 한없이 기다립니다

나는 꿈을 꾸고 있습니다

아직도 희망을 버릴 수 없어서
시간이라는 끈을 잡고
내가 가진 모든 것을
당신을 위해 버려야 합니다

나는 당신을 잊어버렸습니다

나는 꿈을 잊어버렸습니다
나는 희망을 잊어버렸습니다

작은 카페 아가씨

진한 커피 향이 가득한
작은 카페 CORAL에는
키가 큰
꿈속에서 본듯한 고운 아가씨
일본어를 하는데
어떻게 그렇게 잘하는지
물어보진 않았습니다

피아노 소나타가 흐르는
작은 카페 CORAL에는
긴 머리 물결처럼 날리는
타이 미녀 아가씨
프랑스어를 하는데
어떻게 그렇게 잘하는지
물어보진 못했습니다

예쁜 콧소리가 흥겨운
작은 카페 CORAL에는
한 팔로 안아 들어질 것 같은

가녀린 그녀는
영어를 하는데
어떻게 그렇게 잘하는지
물어볼 수는 없었습니다

그녀의 향기가 넘치는
작은 카페 CORAL에서
키가 크고 예쁜 긴 머리 그녀는
"안녕하세요"
우리말로 인사를 합니다
아! 이 아가씨
나에게 준 메모 안에는
'063 811 101' 전화번호가 있습니다

설레임

붉은 태양 바위에 부딪혀 하얀빛을 뿌리면
차가운 바위 그늘 벗어난 도마뱀 한 마리
뜨거운 바위에 배를 붙이고
당신이 온다는 소식에 잠 못 이룬 나는
가슴 아픈 가시 사이 진한 꽃을 피웠다

사막 아지랑이 꿈을 꾸는 여호수아
둥지를 뜬 찌르레기 한 마리
반짝이는 황금빛 모래 위에 길을 만들고
당신을 기다리는 애절한 마음으로
무지갯빛 두 날개를 펼쳐 춤을 추었다

마음을 파는 가게

간이역 앞
조그만 카페
'마음을 파는 가게'
커다란 간판에 이끌려
걸음을 옮겼다
어떤 마음을 파는지
내 가슴을 울리는 마음이 있을까?
설레는 마음으로 문을 열었다
조그만 카페에 마음을 파는 아저씨
부드러운 미소로
달콤한 빵을 내어놓았다

내가 죽기 전에 해야 할 한 가지

당신을 기다리던 중앙청 앞 카페
나는 아메리카노 한잔 샀습니다
나는 경복궁 지나 고궁박물관 오솔길을 걸었습니다

통인시장에는 윤동주의 이야기가 있습니다
나는 시장의 엽전 한 꾸러미 손에 들었습니다
나는 빨간색 매운 고추장 떡볶이를 먹으며 눈물을
흘렸습니다

나는 옥인동 한약방의 소리 나는 미닫이문을 열었
습니다
나는 고통을 좋은 약이 있는지 물어보았습니다
그러나 나의 상사병을 치료할 약은 없습니다,

나는 당신과 함께한 여행을 다시 하고 있습니다
당신과 함께한 여행, 그러나 지금 나는 혼자입니다
나는 당신도 기억할 수 없는 여행을 하고 있습니다

산수 시험

1 + 1 = 1
나만의 산수 이야기는
하늘의 내린 선물

2 - 1 = 0
나만의 산수 공식은
당신에게 주는 나의 선물

통의동 이야기를 담은
김PD의 작은 카페에 남겨진
나의 숫자는
1 + 1 = 1 - 1 = 0

아린 사랑

흔들림 없는 사랑
백일이 지나고 또 지나
온 마음 아린 가슴으로
하염없이 그대를 기다리지만
멀리
붉은 깃대의 노랫소리
지평선 위에 떠돌며
그대의 혼으로 피어난 나
천년의 세월이 지나도
하늘의 뜻 못 이룰 사랑
돌아가지 못함이 서글프다

내 영혼의 이야기

내 영혼의 이야기를 어떻게 시작할까요?

정말 아파서 꺼낸 이야기
당신에겐 사치일 뿐, 나의 푸념
저를 "이해한다" 말은 하면서
전부 "버리세요" 말씀하셨습니다

정말 아파서 버린 이야기
당신에겐 필요 없는 과거, 나의 푸념
저를 "사랑한다" 말을 하면서
전부 "주님의 뜻" 떠나 버렸습니다

정말 아파서 시작한 이야기
당신에겐 흘러버린 과거, 나의 푸념
저는 "이해한다" 말을 하면서
전부 "잊어야지" 아픔을 더 했습니다

기억

어느 길가 스치는 바람결처럼
당신은 그렇게 또 내 곁을 지나면
내 심장이 멈추듯 시간도 멈춘다
단 몇 분도 허락되지 않을 당신
봄바람 흐르듯 하얀 머리 사이로 흘러간다
구천을 그렇게 헤매며 얻은 짧은 사랑
난 그림자 같은 당신의 허상을 잡고
내 이승의 길 멈추고 귀를 막는다

당신이 상상도 못한 짧은 시간
나는 그 몇 겁 년을 기억하며
연기 같은 하얀 손을 뻗는다
재가 되어버린 나의 심장
깊은 잠에서 깨어나듯 또 깨어나
너의 바람결 같은 허상을 쫓아
허락하지 않는 우리의 꿈을 꾸고
또, 나는 너의 기억을 멈추지 않는다

북쪽으로

하얀 꽃이 지고 붉은 꽃이 피는 곳
삶은 씨앗으로 떨어져 모래가 되어
꿈의 열매를 위해 너의 노래를 한다

아름답던 청년의 피와 살이 있는 곳
한 줌 흙이라도 쥐어 볼까 뿌린 정렬
허망한 그림자 기억만 남기고 떠났다

붉은 피를 찬양하라!
나를 위해 노래하라!

수천 년을 함께 할 사랑의 약속
너의 언어는 언덕에 핀 꽃잎처럼
봄이면 언제나 휘날려 언덕을 덮는다

작은 모래 둔덕 위에 싸인 꽃잎
봄 아지랑이는 너를 잡지 못하고
나는 북쪽으로 길을 재촉한다

절벽 위에 서다

흰 눈 쌓인 도선사 아래 멀리 강남을 바라본다

맑고 푸른 하늘 아래 흐르는 강
망각의 배는 바다로 향하며
푸른 물 깊은 강바닥에 기억을 남긴다

부처님 둥근 배는 얼음처럼 빛나고
인수봉 큰 바위는 변함없이 그 자리인데
도선사 높은 절벽 위에 홀로 서 있다

기억의 날개는 벌써 하늘을 날고
시린 광야를 녹여주던 따뜻한 손길만
천리 멀리 기억의 바다로 흘러간다

봄, 여름, 가을, 겨울, 기억의 계절이 지나면
머리 위로 흰서리 내리고
슬픈 인생 아쉬워 잠이 들지 못한다

일으키다

흰 눈 녹고 차가운 바람 견딜 만한
어디 양지바른 곳 찾아
나는 작은 집을 지어 본다

우르르 쏟아지는 생석회로 반죽하고
땀방울로 붉은 황토 초벌하여
나는 작은 집을 지어 본다

남으로 향한 머리 북쪽에 베개 두고
달콤한 젖 냄새 맡으며
나는 작은 집을 지어 본다

오동나무 소리 따뜻한 이불 겹치고
날 부르던 멀어진 고향 그리며
나는 작은 집을 지어 본다

아침 종소리가 나를 깨워 버렸다

돌개바람

솔숲 낙엽 비집고 나온 새싹
매몰찬 동장군 시샘에도
푸르기만 한데
계곡의 물소리는
저녁 햇살만큼 시끄럽다

내 서글픈 몸 비집고 자란 새싹
한 송이 꽃 피기도 전에
흙먼지 날리는 마당으로
검붉은 잎을 떨구고
봄 아지랑이처럼 하늘로 향한다

흘러가는 물결 반짝이는 빛
내 작은 두 손으로 가리고
흐르는 눈물
메마른 마당 휘돌아 치는 바람에
양지바른 언덕 작은 둔덕을 만든다

3^장

나의 별이 된 당신

* 데스밸리(Death Valley)

지상에 있지만 해발 고도가 낮아지면서 사막에 있는 물이 증발하면서 소금호수가 되었습니다. 4월까지도 시에라 네바다의 Muah산 산등성이에 남아 있는 하얀 눈이 바람 한 점 없는 호수에 빠진 듯 물속에 하얀 산이 보입니다. 1 년 내내 건조하고 뜨거운 이 사막에도 봄이면 영락없이 봄꽃이 피고, 야생 파피가 사막을 가득 메우는데 일순간 에 피었다가 일순간 모두 말라 죽어 갑니다. 아침 일찍 부 드러운 모래 언덕에 올라 태양을 바라보며 신선한 바람을 가슴으로 들이마시는 것은 또 하나의 희열입니다. 죽음의 사막, 그곳에도 생명은 자라며 수천 년 이어지지요. 요세 미티와 라스베이거스, 세코야 공원 근처에 있습니다.

여행이야기

전에는 여행을 가면
당신을 위해 이야기를 만들었습니다

거기에는
꽃이 피었고
바람이 불었고
쌍둥이 아이가 있었고
할머니가 밝게 웃어 주셨습니다

이제는 여행을 가면
당신을 생각하며 마음을 닫아 버립니다

거기에는
꽃이 지고
낙엽이 뒹굴고
천둥 치며 비가 내리고
나는 애써 흐르는 눈물을 숨깁니다

데스밸리*, 사막에도 꽃이 핀다

태양이 아침을 가르면
차가운 사막이 붉게 물들고
하얀 산등성이 거울에 비친다

수정처럼 빛나는 소금꽃이 피면
노랑 야생 파피는 얼굴을 들고
아침 이슬은 하나둘 하늘로 향한다

부드러운 바람이 잔잔한 물결을 만들면
소금호수 물결은 하얀 무지개 되고
바위의 도마뱀은 밤새 차가운 몸을 녹인다

데스밸리, 죽음의 사막에 꽃이 피면
나는 밤새 어두웠던 몸으로 모래언덕에 오르고
그리움을 향해 영혼의 날개를 편다

3월의 기차여행

나는 당신의 대지가 되고
날개가 되어
자유롭게 봄 바다를 가로질러
연록의 꽃, 향기를 전한다

사랑하는 이곳은
아침 햇살에 초록 풀밭이 기지개를 펴고
어느새 봄 바다가 되었다
꽃 바다가 되었다

봄의 온기는
기차의 엔진이 되어
들꽃 바다와 붉은 들판을
가로지른다

3월이면 태평양 바닷가
암트랙(Amtrak) 기차 옆으로
당신은 갈매기가 된다

벌새

아침이슬 반짝이는 붉은 언덕
당신의 향기가 바람 따라 실려 오면
나는 날개를 펴고 그대를 향하여 날아간다

당신은 연분홍 부드러운 꽃잎
고운 분가루 화장을 하고
살냄새 풍기며 나를 맞는다

나는 수만 번의 날갯짓을 하며
당신의 붉은 꽃 속에 있는 꿈을 찾았고
나는 긴 혀로 당신의 꿀을 빨아들인다

나의 날개바람에 당신은 춤을 추었고
진한 꿀로 나를 감싸 버리면
나는 날개를 접어 그대 속에 머문다

나는 잠 못 이루고 새벽을 맞았습니다

기차는 밤새 달리고
살포시 다가선 당신

차장 밖 흐르는 풍경은 보이지 않고
흐르는 음악처럼
노래가 되어 나의 마음에 퍼지고 있습니다
'정말로'
'진실로'
'드디어'
당신은 그렇게 내게로 오고 있습니다

나의 별이 된 당신

달빛 가득한 푸른 연밭 아래
길고 길었던 그 겨울을 버티어낸 개구리
한여름 짝을 찾아 시작한 합창
속절없는 밤비에 소리 높이고
그대는 그렇게 나로 향한다

옥색 세모시 사르륵거리며
한여름 밤 모깃불 너머
쑥 향기 되어 다가선 당신
꽃 같은 소반을 내리며
부드러운 미소로 나를 당긴다

홑이불 사각거리며
밤새워 사랑 노래 듣고 있는 당신
은하수가 반짝이는 강가에 배를 띄우고
수많은 별들 사이로 나아가
빛나는 나의 별이 되었다

별이 가득한 호수

한줄기 곧게 올라가던 물줄기
산산이 부서지며 호수를 깨우고
사랑에 젖어버린 하모니카
고운 달님 찾아
호수 위로 울렁이면
엷은 구름 사이 부끄러움 달님
잔잔한 호수 위에 얼굴을 내어 밀고
부용의 노랑 치맛자락 올리면
호수는 노오랑 꽃을 피웠다

"사랑해!"
넓고 푸른 연못
별빛으로 채워진 애절한 사랑
한여름 밤 선선한 바람 되어
내 가슴으로 불어오면
"나를 잊지 마세요"
한 마디 남기며 떠난
님 그리워
나는 붉은색 꽃이 되었다

환속

솔향 가득 품은 안개
아침빛을 가르며
총총히 걸음을 재촉하는 스님
아침 발우 공양 황금색 바구니에 담았고
구름이 들어가는 문인지
구름이 나가는 문인지
들락날락 사랑 품은 나는
끝없는 욕심 멀리 버리고
환속의 기쁨 마음은
다음 생애에서나 찾아야겠다

하늘 여행

작은 창 넘어 밝은 달빛
물빛 된 구름 위에 흐르고
가장 먼저 떠오르는 당신의 시는
그 익숙함이 눈물이 되어
천년을 넘어 쌓인 눈이 되었다
머리 들어 밝은 달 바라보다 명려한 그대 향기에 마
음을 적시고
내 가슴에 첩첩이 내린 서리
천년을 넘어 또 가슴에 가시가 되었다
내 사는 인생 복잡함을 어찌할까!

나그네 인생

지평선 너머로 흩어지는 붉은 노을
작은 초승달이 하늘을 지키고
집 찾는 기러기 떼 날아오르면
놀란 풀벌레 숨을 죽인다

백 년이 지나고 또 지나도
풀죽은 얼굴에 검버섯 피어오르면
돌아설 수 없는 나그네
힘없는 발걸음으로 갈 길을 재촉한다

너의 시간은 변함이 없구나

"이것 또한 지나가리라!"

삼각산 큰 바위 휘감아 돌아선 구름아
가을 곡식 따뜻한 품으로 붉은 물들이듯
깊고 푸른 내 마음도 저와 같이 감싸 안으라

천만 년 변함없는 너의 시간 당신의 모습
세월이 지나고 또 지나도 변하지 않는 사랑
너울 같은 구름 되어 너를 감싸 안는다

사랑아 구름아 나를 좀 데리고 가 다오
삼각산 바위 위로 하얀 눈 서리 붙으며
한 번쯤 따뜻한 햇살로 나를 덮어다오

깨달음

세상에서 제일 불행한 것은 인간이고
사람들 중에서 제일 불행한 것은 나
나일지도 모르는 일이다
인간이 사람이 되고
사람이 인간이란 허울로 살아가며
내가 꽃 피고 지는 것을 슬퍼함은
진정으로 삶을 깨닫지 못함이다

모든 만물이 시간이 흐르며
꽃을 피우고, 열매를 떨구며
변함이 없는 것을
우리는 그 자연을 빗대며
인생이 무상하다 시간을 거스르며
인간의 즐거움을 갈구하며
나는 또 다음 생애를 기약하는 기도를 한다

나 있는 곳

밝은 달 그늘지면 찾아드는 저 새는
너울지는 파도 위로 스산한 바람만 일으키고
하얀 꽃잎만 이리저리 나의 곁을 맴돈다

극락인지 천국인지 알 수 없는 이곳
시들어 썩어 지는 괴암이 코를 찌르고
고목에 매어 달린 풍경은 소리만 요란하다

극락왕생 천국에 함께 하길 빌었던 세상
춤추는 무녀의 시퍼런 칼날로 마음을 도리고
너의 발길 끝으로 어둠을 같이한다

새벽 기러기

동쪽으로 뜨는 태양 빛은
큰 바위 붉은 너울을 만들고
아침 안개 사이로 보이는
소나무 아래 하얀 잔설 위
작은 새 두 마리는
연신 부리를 반짝인다
매일 같은 밤을 지새우며
적어둔 편지 매만지며
남쪽으로 날아가는 새벽 기러기
바라만 본다

봄이 오면

삼각산 깊은 계곡 차가운 얼음 밑
방울방울 얼음물 흐르고
작은 언덕 갯버들 가지 위로
따뜻한 봄이 귀엽게 매어 달렸다

봄볕 양지바른 텃마루 옆
아릉아릉 고양이는 털 고르고
높다란 가지에 매어 달린 까치밥
참새들의 작은 부리로 땅에 떨군다

밝은 빛 가득한 날아든 창문 앞
스르르 작은 눈 껌뻑이고
아쉬웠던 지난 꿈을 잊어버린 나
알 수 없는 그림자에 놀라 머리를 찧었다

가을의 서정

시원한 탁배기 한 사발로
고단한 마음 비운 농부는
물결치는 가을바람으로
흐르는 땀방울 식힌다

논배미 언덕 너머
나무 아래 매어진 황소는
떡갈나무 등걸에 큰 등을 문지르며
연신 울음 같은 소리로 가슴 태운다

솔숲 새로 생긴 무덤가
피어난 붉은 가을꽃 한 송이
농부님아! 외롭다 안타까워 말고
국화꽃 같은 탁주나 한 잔 뿌려주오

4^장

너를 닮은 장미

넝쿨 장미

아침 이슬 촉촉한 파란 잎
방울방울 무지개를 품은 당신은
가벼운 떨림으로 음악이 되어
싱그러운 맛
혀끝에 전해진다

꽃들이 가득 펼쳐진 언덕
연분홍빛 물들어 버린 당신은
가벼운 떨림으로 음악이 되어
부드러운 맛
두 손에 흐른다

담장을 넘기며 피어난 붉은 꽃
찌를 듯 말듯 작은 가시 품은 당신은
여름 진한 향기를 뿜으며
강렬한 맛
손끝에 묻어난다

붉디붉은 한 송이 넝쿨 장미

꽃잎 속에 숨겨진 하얀 당신은
은은히 흐르는 밤꽃 향기 품으며
달콤한 맛
뭉게구름 되었다

너를 닮은 장미

태양이 떠오르듯
붉은 광채가 비추며
어둡고 고요했던 가슴에 울림이 일면
고운 음악처럼 당신의 그 떨림 속으로 나를 당긴다

길고 긴 태양 빛은 열정을 만들고
부드러운 키스처럼 달콤함 꽃잎은
조용한 가슴으로 감싸며
부드러운 바람 되어 나를 잠재운다

매일 아침 해가 떠오르듯
붉은 장미는 이슬에 젖어 들고
진한 향이 온 방에 감돌면 다시 열정적인 바람이 분다
다시 고요한 산들바람이 분다

태양은 그 이슬을 날리고
바람은 그 향을 날려도
장미는 붉디붉은 꽃잎을 벌리며
방울뱀처럼 꼬리를 흔들며, 또다시 나를 감싼다

장미

방울방울 아침이슬 젖은 장미
진한 향이 내 온몸으로 퍼질 때
잔잔한 바람 되어 나를 감싸고
나는 달콤한 그대의 꽃 속으로 빠져들었다

가볍게 흔들리는 부드러운 장미
장난치듯 재잘거리며
달콤한 꿀을 빨아들이는 나를 감싸고
나는 당신을 기억하기 위해 두 눈을 감아버린다

짙푸른 가지 사이 연분홍빛 장미
하늘 향해 탐스런 꽃잎 흔들며
강렬한 열정으로 내 몸에 가시를 꽂고
나는 당신과 온몸으로 이야기하며 하나 되었다

연꽃의 사랑

당신이 오기 전 나는
깊은 어두운 연못 속
헤어날 수 없는 작은 씨앗처럼
휘감긴 검은 개흙
그렇게 억만 년 지낼 것처럼
숨죽여 지냈다네

당신의 그 한 발자국
검은 개흙에 생명의 물을 부었고
시간의 그물에 걸린 씨앗
당신이란 세상으로 들어올려져
그렇게 어둠 던 개흙 연처럼
붉은 꽃이 되었다네

너와 내가 만든 세상
파란 바다 사이 붉고 큰 꽃들
탐스런 가슴에 품어진 나는
반짝이는 이슬 한 방울
당신의 그 고운 꽃에 속에 흘려

알알이 작은 열매 품었다네

봉숭아 1

푸른빛 가녀린 줄기 사이
붉은 꽃
뜨거운 태양 아래 숨기고
나의 손에 웃음을 짓는다

반짝이던 당신의 꽃
붉은 피를 흘리며
나의 손끝에 물들였다

분홍빛 미소를 뿌리며
더욱 진한 색으로 붉게 변한 당신
내 온 마음 물이 들어
당신의 색으로 변해 버렸다

봉숭아 2

당신을 향한 외사랑 가두기 위해
백반의 하얀 가루 더하듯 눈물을 더하고
내 작은 손톱 그리움의 실타래 풀어 칭칭 감았다

가슴까지 곱게 물이 들어버린 나는
사랑이라는 붉은 꽃을 피우고
연분홍 미소로 정을 나누며
송송이 떨어지는 꽃잎 사이로 너를 가두었다

한여름 뜨거운 태양 빛 두려운 당신
툇마루 그늘 아래 숨어 버리고
놀란 나는 붉은 태양으로 눈물을 말린다

분홍빛 손끝 푸른 가시로 변한 나는
그리움에 울어 지친 가슴으로
소낙비 물방울 소리에 놀라
세상으로 너의 씨를 날린다

봉숭아 3

"나를 건들지 마세요"

이룰 수 없는 임을 향한
아릉아릉 가슴 맺힌 전설
행여 이 겨울 지나면
다시 찾아 줄까 기다리지만
붉게 변한 그리움
작은 초승달이 되어 사라지고
뾰족이 변한 내 사랑
행여 임 다칠까
노랗게 변한 가슴에 아픈 마음 숨기고
당신의 씨 가득 품었다

후레지아

너를 내 마음에 안았다

붕긋하게 솟아난 너의 가슴
터질 듯 가녀린 꽃대 위에
봄 향기를 품었다

너를 내 마음에 넣었다

흐드러지게 피어난 너의 속살
달디단 아침 샘물 위로
봄 향기를 삼킨다

너를 내 마음에 숨긴다

부드럽게 감싸인 너의 순정
뜨거운 듯 부끄러운 꽃 안에
봄 향기를 뿌린다

너를 내 마음에 적셨다

입춘

차가운 바람이 불어 황매화 송이 띄우고
시린 눈꽃은 노랑 매화꽃 잎에 향을 피운다
북풍으로 얼어붙은 연못은 깊은 향으로 녹이고
차가웠던 길은 돌아오는 봄바람으로 치운다
비워진 내 마음에 그대의 향기로 채우고
시린 가슴으로 패인 상처 봄볕으로 기운다

꽃비

가슴에만 피어나는 꽃
올곧이 당신을 향해
날개를 펴듯 노랑 꽃잎 매달고
마음 곳곳 품은 임
사랑이라는 날개를 달았다

하늘 너머 퍼져 드는 뭉게구름
하얀 꽃구름 사이로
멀어지는 사랑 이야기
마음 곳곳 찾아 헤매는 나
사랑이라는 꽃비를 뿌린다

작은 나방

한 올
한 올
가슴으로 토해내고
메말라 버린 나는
시간이라는 고치 속에서
당신 찾는 날개 달기도 전에
수만 번 가로지르며
하늘거리는 비단이 되었다

한 발
한 발
다가선 그대 사랑에
춤을 출 수 없는
한 마리 나방
외로움의 향기를 뿜으며
세상사 그 어떤 위로에도
텅 빈 가슴 채우지 못해
사랑을 찾아 불 속으로 날아들어
가여운 죽음을 맞는다

숨

아침에 바람이 불었다
좋은 바람에 향기가 담겼다
눈을 들었다
깨어진 꿈에 놀라
짧은 한숨을 쉰다.

금빛 체다

금빛 체다의 황금 파고다
푸른 창공에 오른 늙은새
붉은 심장을 내어 던지고
그대 잊혀진 나의 사랑은
창공 흩날릴 사랑 메아리

연분홍 복숭아와 코스모스

살결 고운 복숭아가 두 손에 잡혔다
한 입 크게 베어 물어 버렸다
싱그러운 소리가 차가웠던 가슴에
향긋한 사랑을 일으켜 세운다
순간 입가에 맑은 액체가 흐르고
꿀처럼 단 너의 내음에 빠져들었다
연분홍 너와 내가 하나가 되었다

살랑거리는 가을 코스모스 위에 손을 뻗었다
손가락 사이로 느껴지는 너의 간지러움에
어쩔 줄 모르고 나는 힘을 주었다
끊어져 버린 너의 목 줄기 맑은 핏물이 흐르고
순간 당황하던 나는 그렇게 너를 하늘로
팔랑개비처럼 이리저리 돌리며 마음을 나눈다
연분홍 너와 내가 하나가 되었다

가을

가을빛 깊어짐이 아직까지 멀었는데
노랗게 매어달려 익어가던 은행 열매
가을비 시샘으로 땅바닥에 떨구인다
은행아 마음 아파 서러워들 하지 마라
짓눌려 썩어지는 너의 향이 역겨워도
인간들 모진 마음 어찌 너만 하겠느냐
나 마음 썩어지는 냄새보다 더할쏘냐

백일홍

그대 백일의 이야기 속
숨죽이고
붉은 피를 토하며 피어난 꽃
100일 후 어느 들판
메말라버릴 나의 피
이제
백일의 이야기 속
겹겹이 숨어있던 당신
노랑 꽃잎 사이 고개 들어
나비와 벌 날아들 향기를 토하고
어두운 세상의 밝은 꽃 피워라

코스모스

사랑이 그리워 길가에 먼저 피는 너는
바람님 따라 이리저리 몸을 맡기고
떠난 님 사랑에도 또 눈물을 흘리며
님이 주신 고운 이야기에 사랑을 품었다

떠난 님 그리워 눈물 터트린 너는
울긋불긋 꽃잎을 사방으로 펼치고
스치는 님 사랑에 또 눈물 흘리며
메마른 가지에 매달려 하늘만 바라본다

님 주신 사랑으로 열매를 키우는 너는
님 떠난 누런 가지 위에 씨를 뿌리고
돌아오지 않는 사랑에 또 눈물을 흘리며
그리워 지친 가지 앞마당 불쏘시개 되었다

꽃길

가을 꽃길 위 고추잠자리
붉은 노을 속으로 날아들면
그대 보고픈 마음 벌써 꿈길을 걷는다

나를 찾아드는 너의 그리움
엇갈린 꽃길을 마주하면
빈 가슴속 붉은 노을 되고 말았다

같은 길을 걸으며 함께한 너는
채울 수 없는 아쉬움을 남기며
그대 한마디 말없이 가을 길을 걸었다

가을꽃 피고 지던 그 날
텅 빈 가슴으로 잡히지 않는 너의 손
저녁 안개 같은 나는 이렇게 기도를 한다

언제나 마지막 이승의 인연으로
나, 너, 우리, 이렇게 살아가야 하는지

부적

밝은 태양 아래 길을 잃고
어느 먼 들판 헤매다가
우연히 부처님 같은 너를 만나
봄날 빗방울 쪼아 대던 새들 마냥
넓은 경내 오색등 아래 춤을 추었다.

봉은사 처마 밑아래 숨어든 족제비
세상 모든 걸 가진 듯 했더니!!
붉은 부적에 이름을 새기고
늙은 서방 위해 축원하고 떠난 너
내 어찌 그 마음 다 알았으랴!

천지공양 발원 천축의 부처님
강을 지나 산을 넘어 울리는 목탁
고목 위로 작은 싹 돋기도 전에
겨울바람이 윙윙 거리니
이승에 있는지 알 수가 없다.

달에 비친 그리움

가을밤 그림자는 내 발길을 잡고
푸른 밤 드리운 달님의 고운 얼굴
지친 내 발자국 길어지며 너를 향한다
늦은 밤 박새는 깊어지는 가을을 서러워하고
밝은 달 홀로된 나는 깊어가는 달을 보며
한바탕 웃음으로 그리움의 눈물짓는다

가을 한 잔

가을 산 피어난 들국화
산들바람에 흔들리고
푸르른 솔향기 물처럼 흘러
내 마음을 적신다

꿀 찾는 벌들은 향기 찾아 날고
외로운 나는 진한 곡주에 얼굴 붉힌다

아지랑이

언덕 위 시들은 나뭇잎
부드러운 봄바람에
다랑이 둔덕 아래
하얀 얼음장 밑으로
미나리 붉은 싹이 돋는다

황토빛 넓은 마당
할아버지 싸리비
작은 회오리로 춤추면
아지랑이 아른거리듯
떠난 님 향기 일렁인다

5^장

마지막 기도 시간

가이아

씨를 뿌려라!
씨를 뿌려라!

"빠지직 빠아–빡"
"우르릉 꽈아–꽝"
가이아가 아무리 울부짖어도
메마른 가이아의 배에 씨를 뿌려라

붉은 꽃이 피고
푸른 나무가 번성하도록
가이아의 저주가 너를 향해도
너는 죽음이 행복하게 씨를 뿌려라

씨를 뿌려라!
씨를 뿌려라!

한 줌의 백색가루

나는 그가 누군지 모른다
그도 내가 누군지 모른다
다만, 한 가지
내가 지금 이 자리에서
그가 남긴 한 줌의 가루를 보고 있다는 것이다

사람들은 그가 남긴 한 줌 가루조차
강으로 흘려보내고, 하늘로 날려 보낸다
그가 고통스런 이승에서 떠났으니
정말 기쁜 일이라 말하며
그들은 가슴을 쥐어짜며 통곡을 함께한다
기쁨의 소리가 하늘을 향한다 그와 함께

그의 모든 것은 차가운 육신을 감싸고
검붉은 연기 되어 하늘로 날아가 버렸다
그가 기억된 이야기는 한 줌 재가 되어
갠지스, 영혼의 강으로 흘러간다
가벼운 몸으로 하늘에 오르기를 기원하는 눈물이
흐른다

나는 그가 누군지 모른다

그가 남긴 것이 무엇인지

그가 원한 것이 황금인지, 사랑인지, 행복인지, 평화
인지 모른다

다만, 지금

내가 이 자리에 누워

나의 차례를 기다리고 있다는 것이다

네팔에 가면 공항에서 도시로 들어가기 전에 처음
보는 광경은 검은 연기와 형용할 수 없는 냄새를 마주
하게 된다 망자의 모든 것은 죽은 자와 함께 태워지고,
태워진 바로 옆 강가에 뿌려진다. 더러는 강물을 타고
흘러가고, 더러는 연기와 함께 하늘로 향한다. 그렇게
망자는 태워져서 한 줌의 백색가루만 남는다. 그마저
도 살아남은 자들에 의해 강가로 뿌려진다. 죽은 자는
황금도, 비단도, 그 어떤 것도 가질 수 없다. 그것이 네
팔의 죽은 자의 마지막 모습이다. 전생에 무슨 일을 했
든, 무슨 일을 저질렀든, 모두 한 줌의 재가 된다. 다만
그 다음에 태어날 생에서는 같은 실수를 반복하지 않

기를 기원하는, 남은 자들의 통곡이 이어진다.

'좋은 곳으로 갔을 거야!'
'좋은 곳에 태어날 거야!'

그러나 그들이 말하는 최고의 다음 생은
'사람으로 다시 태어날 거야!'입니다

열어라

열어라!
어두운 하늘을 열어라
너는 무엇을 망설이고 있는가
나를 감싼 너
무엇을 하는가
그것은 사랑도 아니고
온정도 아니니
흐트러진 욕된 마음을 열어라
너는 무엇을 망설이는가
이미 나의 모든 것을 소유한 너
열어라!

갈증

밤새 폭풍우가 몰아치며
갈증에 지친 대지에는 비가 내리었겠만
그리움의 갈증에 메마른 나는
당신의 꿈을 꾸다꾸다 일어나
한 잔 물로 가슴을 적신다
언제나 이 지친 가슴
폭풍우 내려 메마른 가슴을 적실는지
꿈에 본 그대에게 말한다
제발, 나에게 비가 되어 주세요
제발, 타죽어 가는 가여운 나
제발, 이슬이라도 되어 주세요

마지막 기도 시간

매일 당신을 기억했습니다
가슴 아린 기억이었습니다
당신이 떠난 300일
한동안 나는
슬픔에 젖어 아무것도 하지 못하고
그리고 또 한동안
마음을 추스리며
당신과 행복했던 시간을 되돌렸습니다
그렇게 기쁨과 행복은
아픔과 슬픔으로
내 가슴으로 퍼져 갔습니다
내 흐르는 피 요동치며
내 온몸 혈관을 타고
120,000킬로미터 실핏줄까지
나는 그 사랑을 기억합니다
그럼에도 당신은
이런 나의 아픔을 알지 못합니다
그것은 나의 고통이 되고
허공에 쓰는 나의 손짓이 되었습니다

산 넘어 바다 건너
당신을 향하는 메아리가 되었습니다

이유 1

여름 노을이 아름다운 이유는
한낮의 뜨거운 열기에도 푸르름을 간직한 채
붉은 석양을 볼 수 있는 까닭입니다

당신이 오늘 아름다운 이유는
수없는 영겁의 세월 거치며 세상에 태어난 그대
나를 품어 사랑하려 하기 때문입니다

그러나

노을을 보며 내가 슬퍼하는 이유는
한낮의 뜨거운 열기 같았던 청춘이
사라져가고 있는 까닭입니다

당신을 보며 내가 슬퍼하는 이유는
그 긴 시간 외로움에 지쳐버린 나
또다시 남겨질 걸 두려워하기 때문입니다

이유 2

봄
여름
가을
겨울

또다시
이 계절들이 시작 될까요?

나
너
우리

또다시
이런 말들을 할 수 있을까요?

이유 3

내가 책을 덮고 일기를 쓰지 않는 이유는
정말 아무것도 할 수 없기 때문입니다
당신이 다가올 때에도
당신이 떠나갈 때에도
당신은 이렇게 온몸으로
사랑이라는 것을 시작하고
이별이라는 것을 선물한 당신
저는 당신이 준 이 선물상자
상자를 열어 가슴에 옮기고
상자에 새로운 사랑을 채우기 위해
온 신경을 모두 끌어내
당신이 준 상자 가득 채우고 있기 때문입니다

사랑노래 1

내가 다시 당신을 사랑할 수 있을까?

밤
다른 인생의 한쪽
아침 닭이 울면 어김없이 일어나
눈을 부비고
밤새 차가워진 그리움
뜨거운 물로 덥히고
낮
다른 인생의 한쪽
노을을 보며 어김없이 눈물 흘리다
눈을 부비고
한낮 뜨거워진 그리움
차가운 물로 식히고

밤낮 당신 그리움에 눈물 흘리며
내가 다시 당신 사랑이나 할 수 있을까?

사랑노래 2

오늘, 당신은 나에게 다가와
사랑에 대하여 이야기를 시작했습니다
나는 오늘 처음 사랑이라는 것을 알게 되었습니다

오늘, 당신은 나에게 다가와
행복에 대하여 이야기를 시작했습니다
나는 오늘 처음 행복이라는 것을 알게 되었습니다

오늘, 당신은 나에게 다가와
그리움에 대하여 이야기를 시작했습니다
나는 오늘 처음 그리움이 뭔지 알게 되었습니다

오늘, 당신은 나에게 다가와
이별에 대하여 이야기를 시작했습니다
나는 오늘 처음 이별이 뭔지 알게 되었습니다

오늘, 당신은 나에게 다가와
연인의 이야기를 담는 바구니를 만들고
나는 우리들의 이야기를 담기 시작했습니다

사랑노래 3

잊혀지는 나

대보름 둥근 달 속
그대 얼굴 새기며
깊어지는 가을을 노래한다

밤새 흘린 눈물 그리움
아침 차가운 서리 내리고
잊혀지는 사랑을 노래한다

가을아! 달님아!
이제 겨울이 오면
하얀 눈 위에 붉은 피를 뿌려라

사랑노래 4

산새의 마지막 노래

지나간 가을 떠나온 그곳
밤새 지친 낙엽 다시 날리고
차가운 서릿발, 마음에 가시가 되었다

시들어 쌓인 그리움
어느 늙은 할아버지 빗자루 끝에 쌓이고
짙은 연기, 저녁노을에 사라진다

가을꽃이 그리워 찾아든 계곡
아련했던 추억만이 남겨진 곳
외로웠을 작은 새, 나를 반긴다

내게 다시 오지 않을 마지막 계절
짝을 찾은 산새의 사랑노래 흐르는 곳
그대를 보낸 나, 얼굴을 떨군다

사랑노래 5

질투

툇마루 앞 작은 화단
갑자기 날아든 작은 새 한 쌍
무엇이 그리 즐거운지
사랑의 몸짓이 아름답다

뒷마당 너머 할머니의 화단
붉게 영글어 가는 보리수
할머니의 두 손에 가득한데
시린 내 가슴에 핀 꿈이 되었다

아무것도 남아있지 않은 기억
내 가슴 속 묻어 둔 아픔이 터져
보이는 것도, 듣는 것도, 말하는 것도
모두 내 고통이 되었다

연

내가 당신을 사랑할 수 있을까?

밤새 꿈을 꾸며 뒤척인 밤
아침 닭이 울 듯
나는 또 그대와 지낸 하루
설레었던 마음을 생각할지 모릅니다
남겨진 사랑 위해
많은 걸 준비한 어떤 영상 속 할머니
저는 이제 그런 사랑 할 수가 없습니다
당신의 고통도, 나의 고통도
이제 얼마 안 남은 나와 당신의 이야기
내가 건강하든, 당신이 건강하든
한날한시 같이 길을 걸으며
같은 이야기를 만들고
함께 사랑할 수 있는
그런 애절한 마지막 사랑이 아니라면
내 모 든 것 다 버 리 고 라 도
내 가 원 하 는 것 다 버 리 고 라 도
내가 사랑을 할 수 있다면

내 머리를 밀어서라도 당신의 곁에서
애절한 사랑을 시작할 수 있다면
나는 그런 사랑을 하고 싶습니다
다시는 이별이라는 고통으로
두렵고 아픈 사랑, 하고 싶지 않습니다
내 모든 걸 바치며 운명 같은 사랑 노래
만들지 못할 거라면
난 그런 사랑 하지 않겠습니다

백조의 마음

푸르디푸른 하늘 호수
붉은 다리 밑 하얀 구름 사이로
하얀 백조의 날갯짓은
님을 위한 기다림일까?
님을 향한 그리움일까!

하야디 하얀 크고 넓은 두 날개
호수에서 바다로 날지 않는 백조
님을 위해 마음을 접었다.

수양(收養)어머니

꽃다운 아가씨 옥색치마 살랑거리며
멀고먼 타양 마다 않고 바다를 넘어
두 아이 품어 안아 옥구슬 삼았다.

가슴으로 낳아 키우느라 생긴 시름
아린 아가씨 마음 깊이를 알 수 없고
언제나 꽃다운 얼굴엔 웃는 낯 만 보였다.

검었던 아씨 머리 잔 서리 피고
제 갈길 떠난 모습 즐거울 줄 알았건만
힘겨운 타양에서 다시 홀로 되었다.

꽃다운 아가씨 옥빛치마 챙기지도 못하고
하얀 치마 두르고 연기 된 아가씨
작고 빛바랜 수첩엔 쌓인 한이 가득하다.

멀고 먼 태평양 백골 되어 다시 건너
어머니 옆 작은 터에 자리 잡은 아가씨
달콤한 엄마 젖무덤 만지며 꽃이 되었다.

발문

—

바람이 분다
사랑이 온다
살아봐야겠다

■ 바람이 분다, 사랑이 온다, 살아봐야겠다

-김용길(시인·문학평론가)

1

이번에 상재(上梓)하는 가일로 시인의 첫 시집 〈흐르는 눈물에 키스를 하며〉에는 사랑의 열정과 사랑의 정서로 가득하다. 시집의 제목만 해도 실로 에로틱하다.

누구에게나 사랑 때문에 기뻤던 순간, 슬펐던 순간이 있을 것이다. 특히 10대 소년이 '사랑에 빠졌어요.'라고 외칠 때, 그 사랑은 세상 전부를 말한다. 그 사랑을 얻으면 세상 전부를 얻을 것 같은데 대부분의 경우 현실이 뒷받침되지 않는다. 그래서 그 사랑은 '사랑과의 사랑', '꿈속에서의 상상력의 놀이'로 끝난다. 이것은 삶에 있어서 낭만적 시기인 청년기에 흔히 있는 일이다. 본인은 이성과 사귀면서 아주 강렬한 연애 감정에 사로잡혀 있으나 그 사랑은 거의 손에 잡히지 않는 꿈과 같고 동경(憧憬)과 같다. 이 충족되지 않은 사랑은 너무나 놀랍고 안타까운 사건이지만 그가 이미 겪은 바 있는 두 번째 사랑이다. 두 번째 사랑이라니!

인생의 여행은 엄청난 충격이 따르는 분리로부터 시작되었다는 사실을 아시는가?

심리학자 에리히 프롬(Erich Fromm)에 따르면, 우리 모두는 출생이라 불리는 이 사건으로 인해서 '온전한 사랑'이라는 세상에서 추방된 존재다. 자궁 속에서 어머니와 함께 있을 때 태아는 물리적으로나 심리적으로 완벽한 사랑의 상태에 있었다. 태아는 어머니의 일부이고 필요한 모든 것을 어머니에게서 받는다. 어머니와 태아는 일심동체(一心同體)이며 세계 그 자체이다. 그런데 세상에 태어나면서부터 그 탯줄은 끊어지고 외톨이가 되었다.

아무리 애정 깊은 부모를 가졌더라도 분리는 평생을 살아도 결코 극복하지 못할 일대 사건이다. 분리되어 있다는 경험은 불안을 자아낸다. 그것은 모든 불안의 근원이다.

프롬은 "인간은 어느 시대와 문화를 막론하고 어떻게 분리감을 극복하고 일치를 이룩할 수 있는가, 어떻게 개체적 삶을 초월해서 합일(合一)을 찾아낼 것인가 하는 동일한 문제에 매달려왔다."고 설파한 바 있다.

이 '합일에의 의지'가 사랑을 부르고 있는 것이다.

그리고 열정적이고 낭만적인 사랑을 믿는 사람들은 '영혼의 반쪽'을 열망하게 된다. 낡은 신화이지만 '영혼의 반쪽'에 운명을 거는 사람들이 아직도 있다. 그들에게 있어서 사랑이란 이 세상의 모든 것이다.

가일로 시인이 그런 사람에 속하는 것 같다. 어찌보면 이 시집은 시인의 평생을 관통한 사랑에 대한 고백처럼 보인다. 이 시집에는 '합일에의 의지'가 넘치는 절절한 시들로 가득하다.

눈을 감고 손을 내밀어
두 손 끝으로
당신의 눈썹 콧날 입술을
당신의 부드러운 귓불을 만지며
당신의 얼굴을 감싸 내 마음속에 가두었습니다

눈을 감고 두 팔을 벌려
가슴으로 전해오는
당신의 심장의 떨림을 느끼고
당신의 등 뒤로 흐르는 부드러운 긴 머리를 만지며
당신의 깊고 진한 향기 속에 나를 가두었습니다

<마음으로> 일부

이러한 합일의 순간은 인생에 있어서 가장 유쾌하고 흥분된 경험 중 하나이다. 그것은 고립되어 사랑을 모르고 지내던 사람들에게는 더욱 멋지고 기적적인 경험이 될 것이다. 갑자기 친밀하게 다가오는 이 기적은 특히 성적 매력과 성적 결합에 의해 이루어질 때 용이하게 추진된다. 시인의 어떤 시는 시적 포르노그라피에 가깝다.

나의 입술은
당신의 귓불을 빨고
목덜미를 빨고
희고 부드러운 두 가슴을 붙어 있는 앙증맞은 유두를 빨고
조그만 배꼽을 혀로 간지럽히고
부드럽고 검은 둔덕에 오른 털을 간지럽히고
검붉게 변해가는 당신의 장미를 손끝으로 느끼며
호수는 울렁이기 시작한다
당신은 나를 갈구하는 한 마리 사람

<태양이 빛나> 전문

하지만 시인은 에로스적 사랑에만 머물지 않고 그 사랑을 '줄탁(啐啄)'의 인연으로 풀어나가고 있다.

'줄탁동시(啐啄同時)'라는 고사성어가 있다. 이 말은 어미닭이 알을 품고 있다가 부화할 때가 되면 병아리가 안에서 껍질을 쪼게 되는데, 이것을 '줄'이라 하고, 어미닭이 그 소리에 반응해서 바깥에서 껍질을 쪼는 것을 '탁'이라 한다.

이 시집 속의 연인들은 누가 어미닭이고 병아리인지 알 수 없을 정도로 서로가 서로를 쪼아주고, 꺼내주는, 누가 안이고 누가 밖인지 알 수가 없는, 즉 안과 밖에서 함께 서로를 꺼내주는 다중적 일을 이루어내고 있다. 아니 '당신은 나를 가두고 나는 당신을 가두었습니다.'라며 다시 알 속으로 들어가는 놀라운 일을 해내고 있다.

2

그렇다고 가일로 시인의 시가 열정적이고 낭만적인 사랑에만 빠져 있는 것은 아니다. 그의 시는 연애 감정 모드에서 사랑의 모드로, 이것을 다시 커다란 행복의 모드로 전환시키는 효과적인 시적 방법을 제시한다.

고대 그리스인들은 사랑을 여섯 가지로 나누어 해석하고 있는데, 이 시집에는 그 여섯 가지 사랑의 방

식의 시편들이 고르게 장착되어 있다. 잘 아시겠지만 여섯 가지 사랑의 유형은

1.에로스(연정과 성애)
2.필리아(우정)
3. 루두스(유희적 사랑)
4.프라그마(성숙한 사랑)
5.아가페(이타적 사랑)
6.필라우티아(自己愛)

에로스는 사람을 사로잡고 때로는 위험하고 불처럼 뜨거운 분별없는 사랑이다. 앞에서 살펴본 시들이 에로스적인 시들이다. 이 시집에는 장미, 봉숭아, 연꽃, 백일홍, 프레지아, 코스모스 등등 꽃으로 은유된 에로스적인 시들이 많다.

반면 에로스 상태에서 벗어난 시편들은 필리아적이고 프라그마적인 보편적 사랑을 획득하고 있다. 가령,

마음을 파는 가게"
커다란 간판에 이끌려
걸음을 옮겼다
어떤 마음을 파는 지

내 가슴을 울리는 마음이 있을까?
설레는 마음으로 문을 열었다

<마음을 파는 가게> 부분

삼각산 큰 바위 휘감아 돌아선 구름아
가을 곡식 따뜻한 품으로 붉은 물들이듯
깊고 푸른 내 마음도 저와 같이 감싸 안으라

<너의 시간은 변함이 없구나> 부분

여름 노을이 아름다운 이유는
한낮의 뜨거운 열기에도
푸르름을 간직 한 채
붉은 석양을 볼 수 있는 까닭입니다

<이유 1> 부분

아주 강렬한 연애 감정에 사로잡힌 상태에서 벗어나 자연을 조망하고 "어떤 꽃을 좋아하세요?" 혹은 "어떤 커피를 마실까요?"라고 묻는 듯한 시편들이다.

커피 문화가 발전하면서 카푸지노, 에스프레소, 플랫화이트, 아메리카노, 마키아토, 모카 등등, 커피를 마실 때 옵션은 참으로 다양하다. 시인은 '진한 커피향이 가득한/작은 카페 CORAL'을 찾아서 작은 카페

아가씨를 만나기도 하고, '통인동 이야기를 담은/김 PD카페'를 찾기도 한다. 그는 '오늘도 진한 커피 한 잔을 시키고/일렁이는 나뭇가지 사이를 지나는 바람이 되어' 보기도 한다. 시인은 마음을 팔고 사랑을 파는 가게를 열고픈 모양이다.

3

나를 잊지마세요
나 떠나고 없을 때
고독의 나라로 멀리 떠나고 없을 때
　　<사랑하는 이여, 내가 죽거든> 크리스티나 로세티

　가일로 시인의 이번 시집 〈흐르는 눈물에 키스를 하며〉에는 크리스티나 로세티 풍의 낭만적 시편들이 즐비하다. 하지만 분위기는 그러할진대 로세티의 시와는 달리 프라토닉러브가 아닌 심장이 뛰고, 아니, 심장이 멈추고 애무하는 사랑이다. 또한 일상의 손아귀에 휘둘리지 않으면서 자기 삶을 찾아가는, 자기 사랑을 찾아가는, 신을 찾아가는 여정이 담긴 시들이다.

내 심장이 멈추던 날
나와 당신의 서로 다른 시간
기억도 없는 짧은 시간과
길고 긴 시간이 함께 흐른다
당신은, 나의 하나님께 기도를 했다

<내 심장이 멈추던 날> 부분

충족의 가능성에서 멀어지면 멀어질수록 그리움의 대상은 간절해지는 법이다. 시인은 지나간 첫사랑을 반추하면서 '내 심장이 멈추던 날'의 기억을 떠올린다. 그런데 사랑은 유전하는 것이다. 모든 첫사랑은 지금의 사랑으로 이어지는 법이다.

시인은 사랑과 그것이 촉발하는 그리움에 충실하다. 충족의 가능성에서 멀면 멀수록 간절한 그리움의 대상으로 되어 있는 것은 낭만적 사랑의 중요한 특징이다. 이 시집은 우리를 열정의 기원과 사랑의 뿌리로 인도한다. 사랑은 예나 지금이나 여섯 가지 봉인이 적힌 비밀로 남아 있다.

이 시집을 상재하는 시인에게는 '사랑의 바람'이 불어오고 있는 듯하다.

폴 발레리는 '바람이 분다, 살아봐야겠다'고 했다. 반면 가일로 시인은 '흐르는 눈물에 키스를 하며', '사랑이 온다, 살아봐야겠다'고 외친다.

또한 발레리는 "서정시는 외침소리를 발전시킨 것이다."라고 말했다. 놀라움이나 기쁨이나 고통을 나타내는 짤막한 외침이 서정시의 근원이라는 뜻이다. 심장이 멈추는 듯한 사랑은 활동이다. 만일 내가 사랑하고 있다면 나는 사랑 받는 사람에 대해 끊임없이 적극적으로 관심을 두는 상태에 있다.

그렇다. '바람이 분다, 사랑이 온다, 살아봐야겠다'고 외쳐보자. 막연한 바람보다 실체가 있는 사랑이 그를, 우리를 더욱 살고 싶게 만드는 것이 아닐까.